AF589927

Marseille 27 Avril 1909

VENTE

Casimir SIPRIOT

MARSEILLE

COMMISSAIRES-PRISEURS DE MARSEILLE

Vente après décès

CATALOGUE

DE

MEUBLES, BOIS SCULPTÉS, GLACES, PENDULES
BRONZES, ÉTOFFES
TAPISSERIE, MARBRES, IVOIRES, ETC.

Importante Collection

DE

TABLEAUX

Primitifs

et de Maîtres de différentes Écoles

PASTELS, AQUARELLES, DESSINS, GRAVURES

MANUSCRITS

LE TOUT AYANT APPARTENU A

M. CASIMIR SIPRIOT

en son vivant antiquaire à Marseille

Dont la Vente aura lieu HOTEL DES COMMISSAIRES-PRISEURS, 9, rue Châteauredon
Le MARDI 27 AVRIL 1909 et jours suivants, à 3 heures,
par le ministère de Mᵉ GARCIN, Commissaire-Priseur,
assisté de M. E. CHAMPSAUR, expert, 40, rue St-Bazile.

EXPOSITIONS

PARTICULIÈRE	PUBLIQUE
le Samedi 24 Avril 1909 *le Dimanche 25 Avril 1909*	*le Lundi 26 Avril 1909.*

le Matin, de 9 heures à midi ; le Soir, de 2 à 6 heures,
et le matin des jours de vente.

CONDITIONS DE LA VENTE

Elle sera faite expressément au comptant.

Les acquéreurs paieront six pour cent en sus du prix de l'adjudication.

L'ordre numérique du catalogue sera suivi.

Les indications portées au présent catalogue ne sont données qu'à titre de renseignement, l'exposition mettant le public à même de se rendre compte de l'état, de la valeur et de l'authenticité des objets.

Il ne sera admis aucune réclamation une fois l'adjudication prononcée.

M. E. CHAMPSAUR, expert chargé de la vente, remplira les commissions des personnes qui ne pourraient y assister.

ORDRE DES VACATIONS

Mardi 27 Avril 1909..... } MEUBLES, BOIS SCULPTÉS, etc.
Mercredi 28 Avril 1909. } jusqu'au nº 125 du catalogue.

Jeudi 29 Avril 1909 ..... } OBJETS DIVERS
Vendredi 30 Avril 1909. } du nº 12 au nº 237 du catalogue.

Samedi 1er Mai 1909.....
Lundi 3 Mai 1909 ....
Mardi 4 Mai 1909 ....
Mercredi 5 Mai 1909 ....
} TABLEAUX du nº 237 au nº 486 du catalogue.

Jeudi 6 Mai 1909........ : PASTELS, DESSINS, Gravures, etc. du nº 486 au nº 573.

A chaque vacation il sera vendu un certain nombre d'objets non catalogués.

NOTA. — L'Expert se réserve la faculté de diviser ou de réunir certains numéros.

21

22

6

NOMENCLATURE

Meubles

1. Coffre noyer sculpté à dossier et à cariatides.
Long. 145 cent.

2. Coffre noyer sculpté.
Long. 160 cent.

3. Coffre noyer sculpté à dossier et à cariatides.
Long. 160 cent.

4. Coffre noyer sculpté à dossier et à cariatides.
Long. 160 cent.

5. Coffre noyer sculpté, sur le devant trois panneaux séparés par des consoles. Reste de dorure sur les sculptures.
Long. 175 cent.

6. Coffre noyer sculpté, sur le devant trois panneaux séparés par des consoles. Reste de dorure sur les sculptures.
Long. 175 cent.

7. COFFRE noyer sculpté, sur le devant deux panneaux. Long. 175 cent.

8. COFFRE noyer sculpté, sur le devant deux panneaux. Long. 160 cent.

9. COMMODE noyer à moulures, cariatides sur les côtés, pans coupés, quatre tiroirs, dessus bois.

10. VITRINE Louis XVI, pieds cannelés, dessus marbre gris, une porte — secrétaire transformé.

11. VITRINE Louis XVI, pieds cannelés, dessus marbre blanc, une porte — secrétaire transformé.

12. PETIT CABINET à tiroirs, moulures guillochées, incrustations ivoire gravé.

13. CRÉDENCE en bois de noyer sculpté. En deux corps, la partie supérieure est avec portes pleines.

14. BAHUT Louis XIII en deux corps. La partie supérieure est en retrait et surmontée d'un fronton supporté par quatre colonnes détachées. Tout le meuble est incrusté de nacre et d'ivoire : l'intérieur possède encore sa vieille garniture d'étoffe ancienne.

15. BAHUT Louis XIII à un seul corps, en noyer. Têtes, mascarons, tiroirs sculptés, chute de feuillages et de fruits.

16. BAHUT Louis XIII à un seul corps, en noyer, tiroirs sculptés. Têtes et cariatides.

17. BAHUT Louis XIII en deux corps, noyer sculpté, la partie supérieure est en retrait. Les pilastres sont ornés de mascarons et de chutes de fruits, la frise et les tiroirs de rinceaux et de têtes, les panneaux des portes de têtes et de personnages. (Parties modernes.)

18. Lit noyer sculpté à trois faces.

19. Commode marquetée, quatre tiroirs, moulurée, à pans coupés.

(Travail italien XVIIIe).

20. Commode Louis XVI, deux tiroirs, forme Louis XV pieds de biche, marqueterie à grecques, marbre gris.

21. Petit Secrétaire Louis XV, marqueterie fougères, forme bombée, double mouvement, marbre rose.

Haut. 105 cent., larg. 60 cent.

22. Petit Secrétaire Louis XV, marqueterie fougères, forme bombée, double mouvement, marbre rouge.

Haut. 105 cent., larg. 70 cent.

23. Poudreuse style Louis XV, marqueterie à fleurs, dessus à coulisses.

24. Commode style Louis XVI, marqueterie à fleurs, forme demi-lune, deux tiroirs et deux portes sur les côtés, ornée de bronze, marbre rouge.

25. Table ovale, style Louis XVI, marquetée et garnie de bronzes.

Long. 100 cent.

26. Bureau semainier style Louis XVI, marqueterie écaille rouge, incrustée de cuivre.

Long. 120 cent.

27. Table style Louis XV, marqueterie à fleurs, trois tiroirs, garnie de bronzes.

Long. 150 cent.

28. Grande table, style Louis XV, marquetée et garnie de bronzes, lingotière, chutes, sabots.

29. Bureau style Louis XIV, marqueté, en forme d'urne renflée sur pied très étroit, surmonté d'un casier et garni de bronzes.

Long. 2 mètres, largeur 1 mètre.

30. Commode style Louis XVI, marqueterie bois de rose, quatre tiroirs, ornée de bronzes, marbre rouge et jaune.

31. Bahut style Louis XVI, un tiroir, deux portes, orné de bronzes, marbre rouge et jaune.

32. Table à ouvrages style Louis XV, marquetée et garnie de bronzes.

33. Petit Bureau à pente, style Louis XV, marqueterie à fleurs, orné de bronzes.

34. Bureau à pente, marqueté, surmonté d'une bibliothèque avec glaces.

35. Bureau à pente, marqueterie ronce de noyer.

36. Bureau marqueté, dessus à casiers.

37. Bureau à pente, noyer, Louis XIV.

38. Table Louis XIII, noyer, à balustres.

Long. 80 cent.

39. Table rectangulaire, pieds carrés à têtes et griffes de lion, dessus noir incrusté de dessins blancs.

40. Bois d'écran Louis XIV.

41. Fauteuil Henri II, traverses sculptées.

42. Fauteuil Louis XIV, bois sculpté, recouvert en velours rouge.

43. Fauteuil Louis XIV, noyer sculpté.

44. Fauteuil Louis XIV, bois sculpté.

45. Fauteuil Louis XIV, bois sculpté.

46. Fauteuil Louis XV, bois sculpté.

47. Fauteuil Louis XV, bois sculpté.

48. Petit Canapé Louis XVI, pieds cannelés.

49. Cinq Escabeaux à dossier, bois sculpté.

50. Cinq Chaises bois d'olivier incrusté, traverses sculptées.

51. Bergère bois sculpté, peinte en gris.

52. Six Chaises époque Empire, épisodes de Don Quichotte sur le dossier.

53. Deux Chaises bois sculpté doré, siège et dossier garnis.

54. Meuble en bois sculpté doré, composé d'un canapé, deux fauteuils, douze chaises, recouvert d'une étoffe soie.

55. Ecran bois sculpté doré, garni d'une broderie sur soie.

56. Console Louis XVI, bois sculpté, peinte en gris, forme demi-lune, pieds cannelés, marbre gris.

57. Console Louis XVI, rectangulaire, bois sculpté, doré, ceinture ajourée, pieds canelés, marbre gris.

58. Grande Console bois doré sculpté, quatre pieds de biche à entretoise, marbre blanc.

59. Console bois doré, quatre pieds à entretoise, dessus bois.

60. Console bois sculpté, dessus bois.

61. Console bois sculpté, dessus bois.

62. Grande Vitrine chêne sculpté, à deux portes, reposant sur un coffre.

63. Lit à colonnes torses, chêne sculpté.

64. DEUX PORTES de bahut, noyer sculpté.

65. DEVANT DE COFFRE, noyer sculpté, au centre une femme couchée ; sur les côtés, têtes (restant de dorure sur les sculptures).

66. DEVANT DE COFFRE, noyer sculpté, rinceaux encadrant un écusson.

67. DEVANT DE COFFRE, noyer sculpté, écusson au centre, personnages et têtes entremêlées aux rinceaux.

68. DEVANT DE COFFRE, noyer sculpté, feuillage et grappes de raisins.

69. DEVANT DE COFFRE, noyer sculpté, au centre femme avec un livre ouvert, amours tenant des cornes d'abondance ; sur les côtés, têtes de lion et chutes de fruits.

70. DEVANT DE COFFRE noyer sculpté, au centre écusson avec oiseaux héraldiques, sur les côtés cariatides.

71. DEVANT DE COFFRE polychromé, guerriers reposant avec leurs armes.

72. RETABLE en bois sculpté et polychromé, représentant le Massacre des Innocents.

Belle pièce, bon état de conservation.

Haut. 50 cent., larg. 50 cent.

73. RETABLE bois sculpté et polychromé, représentant le Mariage de la Sainte-Vierge.

Belle pièce, bon état de conservation.

Haut. 50 cent., larg. 120 cent.

74. NEUF PANNEAUX de différentes formes, genre verni Martin, fond or.

72

177

527

162

75. CHEMINÉE Renaissance en pierre. Frise et montants finement sculptés.

76. ENCADREMENT bois sculpté, polychromé et doré, composé d'une frise avec corniche et fronton et de deux montants ornés de têtes et d'amours formant cariatides.

77. FRISE bois sculpté et doré, têtes et rinceaux.

78. LIT à quatre colonnes surmontées d'amours, sculpté, doré et polychromé.

79. DEUX BUSTES d'homme bois sculpté et doré, formant reliquaires.

80. DEUX STATUES amours bois doré.

Haut. 75 cent.

81. DEUX AMOURS bois bronzé et doré.

Haut. 50 cent.

82. QUATRE STATUES enfant assis ou debouts polychromées.

Haut. 50 cent.

83. DEUX VASES avec bouquets de fruits, bois sculpté, doré et polychromé.

Haut. 60 cent.

84. QUATRE MORCEAUX DE TORCHÈRES, bois sculpté et doré.

2 morceaux long. 90 cent., 2 morceaux long. 110 cent.

85. DEUX COLONNES bois sculpté, fond peint, guirlandes de feuillage en relief, dorées.

Haut. 75 cent.

86. DEUX COLONNES bois sculpté, torse, guirlandes de feuillage, peintes et dorées.

Haut. 100 cent.

87. FRONTON bois sculpté, armoiries.

88\. STATUE de femme, noyer sculpté, sur piédestal et tenant un bouquet.

Hauteur totale 175 cent.

89\. SOCLE composé de trois côtés à panneaux peints et dorés, avec saints et saintes.

90\. PANNEAU bois sculpté, têtes de lions, et guirlandes.

91\. MIROIR Louis XV à fronton, bois sculpté et doré, ornements cuivre repoussés.

92\. GLACE cadre bois doré, rocaille.

Haut. 200 cent., larg. 130 cent.

93\. GRAND CADRE DE GLACE Louis XIV, à fronton en bois sculpté et doré, avec second encadrement intérieur, rinceaux de Berain sur les baguettes. Des têtes et des ornements font les angles et décorent l'encadrement du milieu. Au fronton, lambrequins et draperies (redoré).

Haut. 280 cent., larg. 160 cent.

94\. GLACE LOUIS XIV, en bois doré et sculpté, cadre très fouillé. Sur le fronton, deux amours encadrent Jupiter à cheval sur un aigle et tenant la foudre.

95\. MIROIR ovale, cadre bois sculpté et doré.

96\. GLACE bois sculpté et doré, rocaille.

97\. CHRIST en ivoire dans un cadre bois sculpté et doré, avec anges, gloires et têtes d'ange.

98\. CHRIST en ivoire dans un cadre Louis XIV, bois sculpté et doré.

(Un doigt de la main cassé.

99\. CHRIST en bois dans un cadre Louis XIV, bois sculpté et doré.

100\. CHRIST attenant au cadre Louis XIV, avec bénitier en faïence Moustiers.

101. Deux Christs en bronze doré sur croix bois.

102. Christ en étoffe brodée or et argent. — Avec les Apôtres, les Saintes Femmes et le Père Eternel. — XVIe siècle.

103. Horloge à caisse, peinture genre verni Martin, décor bouquets de fleurs sur fond vert.

104. Horloge à caisse, fabrication anglaise.

105. Pendule bois acajou, grand cadran.

106. Pendule et Candélabres style Louis XVI, bronze doré. Sur le cadran, buste de Marie-Antoinette encadré de palmes, d'un côté Minerve, de l'autre la Renommée. Les personnages et le buste sont en bronze noir, le socle en marbre rouge.

Haut. 70 cent., larg. 60 cent.

Les candélabres assortis sont formés par une statue de femme supportant une torchère à quatre lumières.

107. Pendule d'applique style Louis XIV, en bronze mat. Cette superbe pièce repose sur un cul-de-lampe et est décorée de têtes, mascarons, ornements, etc.

Hauteur des deux pièces 155 cent.

108. Pendule et Candélabres style Louis XVI, bronze doré. Le sujet est une femme représentant l'Etude (statue bronze noir sur socle marbre rouge).

Haut. 60 cent., larg. 70 cent.

Une statue de femme supportant 6 lumières forme le candélabre assorti.

109. Pendule et Candélabres style Louis XVI, bronze doré. Une femme et un amour représentent les Arts ; socle marbre blanc.

Haut. 50 cent., larg. 55 cent.

Les candélabres assortis sont en forme de vases marbre blanc ornés de bronze doré.

110. PENDULE et CANDELABRES style Louis XVI, en marbre blanc, ornés de bronzes dorés. Sur la pendule, nymphe en marbre cueillant des roses. Flambeau, nymphe supportant une lumière.

Haut. 33 cent., larg. 30 cent.

111. PENDULE et CANDELABRES style Louis XVI, en marbre blanc. Une Vénus accroupie repose sur la pendule, qui est un fût de colonne cannelé.

Haut. 45 cent.

Les candélabres sont des vases en marbre blanc décorés de bronzes dorés.

112. PENDULE et CANDELABRES style Louis XV. La pendule est formée par une urne carrée en porcelaine craquelée ; au centre, le cadran ; de chaque côté, des personnages chinois en bronze, ainsi que le couvercle.

Haut. 85 cent., larg. 60 cent.

Les candélabres assortis sont formés par deux vases avec montures bronze doré.

113. PENDULE style Louis XVI, en bronze doré. Le cadran en émail de Sèvres à mouvement visible, repose sur un socle en marbre gris bleuté décoré de bronzes dorés. A droite et à gauche, un amour représentant les Sciences.

Haut. 55 cent., larg. 60 cent.

114. PENDULE d'applique style Louis XV, en bronze ajouré, ornée de guirlandes de fleurs et surmontée d'un amour.

Hauteur totale 130 cent.

Le cul-de-lampe formé d'une rocaille est orné d'une tête et de deux chimères.

115. PENDULE style Louis XV, bronze à grand cadran surmonté d'un amour; socle rocaille en bronze.

Haut. 70 cent., larg. 35 cent.

116. Pendule style Louis XVI, marbre blanc orné de bronze doré. Sujet : Ariane et Bacchus.

Haut. 43 cent., larg. 55 cent.

117. Pendule style Louis XV. Cinq personnages chinois en porcelaine polychrome sont assis sur un socle décoré de bronze doré. Le personnage du milieu supporte sur sa tête le cadran de la pendule.

Haut. 60 cent., larg. 40 cent.

118. Pendule marbre gris, surmontée d'un groupe en bronze représentant deux chevaux et un chien.

119. Cartel en bronze style Louis XVI.

Haut. 40 cent.

120. Petit Cartel bronze, guirlandes de fleurs et dragons.

121. Une Paire Candelabres, 6 lumières, style Louis XVI. Statue de femme bronze noir supportant une torchère bronze doré, sur un socle rond, marbre blanc, orné de bronze doré.

122. Une Paire Candelabres, 4 lumières, style Louis XVI. Statuette d'amour bronze noir sur socle rond, marbre vert.

123. Une Paire Candelabres style Louis XVI. Urne en marbre ornée de têtes de béliers en bronze et de branches formant les lumières.

124. Une Paire de Candelabres, 6 lumières, style Louis XVI. Deux statues de femme, bronze noir, soutenant des torchères, sur un socle marbre blanc orné de bronzes.

Objets divers

125. Une Paire Chenets Louis XIII en bronze.

126. Une Paire Chenets bronze doré. Aigle et Chimère.

127. Une Paire Chenets bronze doré à rocaille, surmontés de deux statuettes chiens.

128. Une Paire Chenets bronze doré à rocaille surmontés de deux statuettes amours.

129. Un Garde-Feu bronze doré, rocaille en trois parties.

130. Une Paire Appliques bronze, une lumière, montées sur mascaron, tête de diable.

131. Appliques bronze, 1 lumière, vase à guirlandes.

132. Une Paire Appliques bronze doré, 1 lumière, style Louis XV.

133. Une Paire Appliques bronze doré, 2 lumières, style Louis XV.

134. Une Paire Appliques bronze doré, 2 lumières, style Louis XV.

135. Une Paire Appliques bronze doré, 3 lumières, style Louis XV.

136. Une Paire Appliques bronze doré, 3 lumières, style Louis XVI.

137. Une Paire Appliques bronze, 3 lumières, fond à personnages.

138. Une Paire Flambeaux Louis XVI, à perles, guirlandes et raies de cœur.

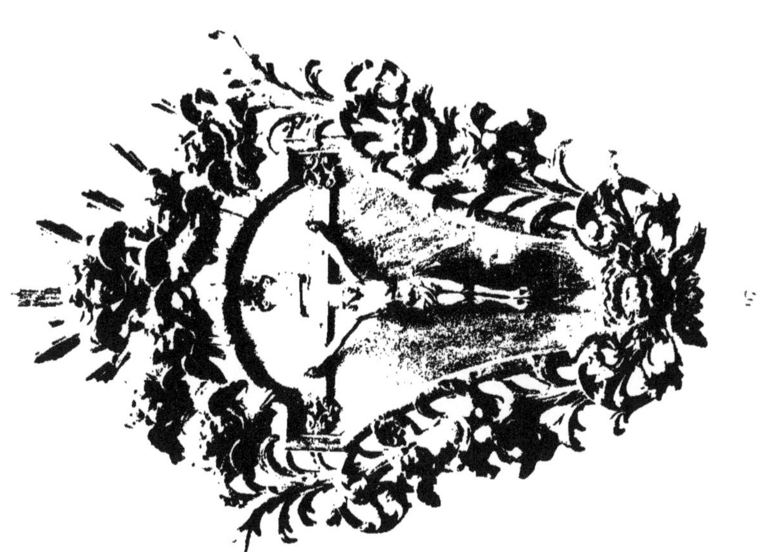

139. Une Paire Flambeaux style Louis XV, bronze ciselé.

140. Deux Paires Chandeliers Louis XIII, en bronze.

141. Deux Statues bronze, « Chevaux se cabrant ».

142. Statue bronze, « Gladiateur mourant ».

143. Statue bronze, représentant Rachel, signée A. Barre, 1847.

144. Plaque bronze représentant saint Jean-Baptiste en buste.

145. Plaque bronze représentant Faunes et Faunesses sacrifiant à Pan.

146. Plaque ovale. Nombreux personnages.

147. Plaquette. Combat de cavaliers.

148. Plaquette. Descente de croix.

149. Deux Têtes de Satyres, bronze doré.

150. Statuette bronze, représentant un Faune dansant, socle marbre jaune.

151. Statuette bronze, representant un Faune tenant une corne d'abondance, socle marbre noir.

152. Statuette bronze représentant un Faune à genoux.

153. Deux Statuettes représentant des guerriers tenant un écusson ; socle bois noir.

154. Mascaron en bronze pour marteau de porte.

155. Marteau de Porte en bronze. Indien et lions.

156. Eléphant en bronze chinois.

157. Vase avec oiseaux en relief, bronze chinois.

158. Réchaud à trois pieds et deux anses, bronze antique.

159. Statuette bronze représentant un amour se tenant sur un pied et tendant les bras.

160. Groupe en bronze, représentant « Les Lutteurs »; socle marbre noir et jaune.

161. Vases avec couvercles marbre noir et rouge, garniture bronze.

162. Groupe en marbre blanc. « Faunes enfants mangeant des raisins ».

163. Petit Buste de Femme en marbre blanc. « Tête de femme ».

164. Médaillon ovale, marbre blanc (tête de femme.

165. Bénitier en marbre blanc. Vierge entourée d'une guirlande, sur fond marbre noir et jaune.

166. Potence fer forgé Louis XV, ornée de feuillages.

167. Porte-Musique fer forgé Louis XIII, à figurines.

168. Serrure ancienne à loquet, gravée.

169. Serrure ancienne gravée, à double bec et loquet.

170. Serrure ancienne ciselée, à double bec.

171. Applique fer forgé à deux branches, avec feuilles dorées.

172. Deux Appliques fer forgé, à une lumière, feuillage repoussé.

173. Deux Parties d'Appliques fer forgé, à double branche, avec feuillage.

174. Lustre fer forgé, 12 lumières, fleurs et feuillages.

175. Plaque d'encrier fer forgé incrusté or.

176. Boite ronde à couvercle cuir incisé et gravé.

177. Statuette ivoire, représentant une religieuse, sur socle bois noir. XVIe siècle.

Haut. 30 cent.

178. Statuette ivoire, représentant saint Joseph tenant l'Enfant Jésus dans ses bras. XVIIe siècle.

Haut. 28 cent.

179. STATUETTE ivoire représentant l'Enfant Jésus (travail espagnol).

Haut. 40 cent.

180. STATUETTE ivoire représentant sainte Catherine. XVII° siècle.

181. PLAT rond en étain.

182. ASSIETTE ronde en étain.

183. JARDINIÈRE cuivre rouge, ovale. à godrons ; sur les côtés, anses et mascarons.

184. PIED DE CALICE cuivre repoussé, doré, XVI° siècle.

185. CALICE cuivre repoussé, doré et argenté, XVI° siècle.

186. PLAQUE cuivre représentant Ulysse et son chien.

187. PETIT VASE ovale, à anse en cuivre repoussé, orné de mascarons et de feuillages.

188. BRONZE DE FOUILLES. *Rhyton romain* (tête de cheval), belle patine.

189. BRONZE DE FOUILLES. *Themyatherion romain.*

190. BRONZE TÊTE DE FEMME. Vase à parfums étrusque.

191. BRONZE DE FOUILLES. 1 lot couvercles et fonds de miroirs étrusques.

192. BRONZE DE FOUILLES. 1 lot ornements et fragments de cistes étrusques.

193. BRONZE DE FOUILLES. huit vases gallo-romains de différentes formes.

194. AMPHORE étrusque terre cuite. Décor : Hercule et le Sanglier.

195. AMPHORE étrusque, terre cuite. Décor : Scène bacchique.

196. AMPHORE étrusque, terre cuite, à trois anses. Décor : animaux.

197. GROUPE, faïence blanche Capodimonte, composé de quatre personnages, sur socle.

198. STATUETTE biscuit, personnage couché représentant un fleuve.

199. STATUETTE biscuit, même description.

200. GROUPE composé de quatre femmes et deux amours représentant « La toilette de Vénus », porcelaine Saxe moderne.

Haut. 40 cent.

201. GROUPE composé d'un joueur de cornemuse entouré de bergers et bergères, porcelaine Saxe moderne.

Haut. 40 cent.

202. GROUPE composé d'une joueuse de vielle entourée de bergers et bergères porcelaine Saxe moderne.

Haut. 40 cent.

203. BAS-RELIEF terre cuite. Loth et sa femme fuyant Sodome.

204. GRANDE VASQUE terre cuite, ovale, ornée de mascarons et de têtes.

205. STATUETTE en grès, « Vierge chinoise ».

206. LOT STATUETTES TANAGRAS, composé de 45 pièces (authenticité douteuse).

207. CHEMINÉE marbre blanc, sculptée, pilastres à têtes de femmes.

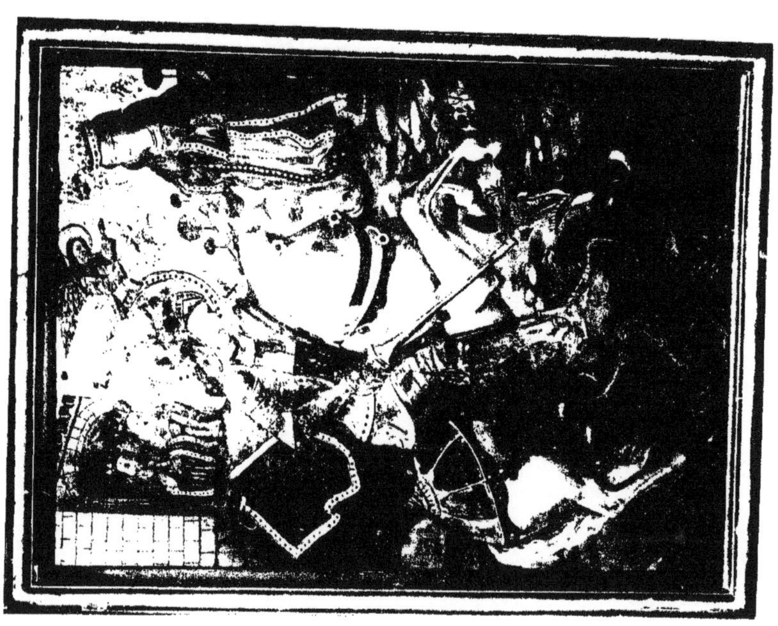

Armes

208. DEUX RAPIÈRES.

209. HACHE persanne incrustée or, ciselure avec personnages.

210. HACHE à tranchant ajouré et pic recourbé.

211. CASQUE avec cimier salamandre.

212. CASQUE avec mascarons.

213. CUIRASSE, devise Libertas, repoussée et incrustée or.

214. CUIRASSE, doubles armoiries et batailles, repoussée et incrustée or.

215. CUIRASSE, « Jupiter sur un aigle », repoussée.

216. GARDE D'EPÉE en bronze, personnages en relief.

217. PISTOLET à pierre, canon incrusté or.

218. CARABINE courte à piston.

219. POUDRIÈRE corne gravée, sujets de chasse, allemande, signée.

220. TAPISSERIE FLAMANDE. Composition de nombreux personnages, fond de paysage. Bordures à personnages.

221. DEVANT D'AUTEL, broderie gaufrée, XVIIe siècle.
Haut. 100 cent., larg. 200 cent.

222. CHASUBLE Louis XV, brodée soie or et argent.

223. CHASUBLE soie rose.

224. CHAPE brodée, fond crème, soie et or, XVIIe siècle.

225. **Bandeau** broderie soie sur toile.
Long. 130 cent.

226. **Bandes** brocatelle à ramages vert et rouge.
Long. 9 mètres 50 environ.

227. **Grand Lambrequin**, tapisserie au canevas, médaillons animaux et sujets au petit point.
Long. 3 mètres 60.

228. **Robe** soie gorge de pigeon.

229. **Morceau** velours de Gênes, rouge.
Long. 115 cent., larg. 60 cent.

230. **Broderie** Louis XIV, avec médaillon à personnages au petit point.

231. **Broderie** argent, représentant un cathédrale.

232. **Voile de Calice** Louis XVI, brodé soie sur fond crème.

233. **Morceau Lampas**, fond rouge, dessin jaune et blanc.

234. **Morceau Brocatelle**, fond jaune et ornements rouges.
Larg. 140 cent. long. 170 cent.

235. 1 **Lot Damas**, différentes nuances.
Long. 2 mètres, larg. 1 mètre.

236. 1 **Lot Bandes** et morceaux de tapisseries.

304

343

[illegible]

Tableaux

Par ou attribué à

237. ALBANE (Ecole d'). — Jugement de Paris. 60 × 73.

238. ANGELICO (Fra). — L'Annonciation. 27 × 33.

239. ANSELMI. — Mariage mystique de Sainte Catherine. 57 × 70.

240. ARTOS TISON. — Saint Georges terrassant le Dragon. Monog. 80 × 105.

241. BALEN (Pierre Van). — Andromède et Persée. 47 × 35.

242. BAKHUYZEN (Ludolphe). — Marine. 37 × 19.

243. BARBARELLI (Giorgion). — Portrait d'un jeune seigneur vénitien. 17 × 22. Cadre sculpté.

244. BASSAN ET TIEPOLO. — Adoration des Bergers. 270 × 270.

245. BATTONI. — Transfiguration. 71 × 95.

246. — L'Aumône. 71 × 95.

247. BEEK (David). — Portrait de Charles II. 78 × 108.

248. BELLAVITA. — Vierge et Enfant. fond or. 40 × 53.

249. BELLINI (d'après). — Le Christ. la Vierge et Saint Jean. 156 × 85.

250. BONVICINI DIT LE MORETTO. — La Sainte Vierge. Saint François. Saint Paul. Signé. Grand cadre sculpté. 173 × 225.

251. BONVICINI DIT LE MORETTO. — Présentation au vieillard Siméon. 100 × 80.

252. BRAUWER. — Le Buveur levant son verre. Signé. 21 x 30.

253. BRAUWER. — Les Musiciens. 19 x 24.

254. BREDAEL (Van). — Paysage et personnages. 54 x 45.

255. BRIL (Paul). — Paysage et personnages. 48 x 62.

256. — Paysage. 62 x 49.

257. BOCK (Van). — Scène humouristique, petits personnages. 152 x 93.

258. BOCK (Van). — Scène humouristique, petits personnages. 217 x 150.

259. BOCK (Van). — Scène humouristique, petits personnages. 125 x 81.

260. BOCK (Van). — Scène humouristique, petits personnages. 152 x 68.

261. BOCK (Van). — Scène humouristique, petits personnages. 147 x 94.

262. BONNINGTON. — La Bouderie. Signé. 30 x 38.

263. CALLOT (Jacques). — Vue de Venise. Carnaval. 95 x 52.

264. CALLOT (Jacques). — Vue d'Amsterdam, effet de neige. 95 x 52.

265. CALLOT (Jacques). — Festin de Baltazar. 183 x 114.

266. CALLOT (Jacques). — Marine et ruines. 95 x 59.

267. — — 95 x 59.

268. CALISTO. — Jésus portant sa croix. 75 x 94.

269. CAMPI (Galéazzo). — Résurrection de Lazare. 140 x 150. Signé et daté.

[illegible]

300

270. CAMPI (Bernardin). — Portrait d'un sénateur, signé et daté. 100 × 75.

271. CAMPI (Jules). — Présentation au temple. 57 × 74.

272. CAMPI (Jules). — Adoration des Mages. 188 × 192.

273. CANALETTO. — Carnaval de Venise. 88 × 72.
274. — Vue du Grand Canal. 88 × 72.
275. — Vue de Venise. 72 × 55.
276. — Vue de Venise. 72 × 55.

277. CARBONE. — Portrait de grand seigneur. 215 × 150.

278. CARBONE. — Portrait de grande dame. 215 × 150.

279. CHALIÉ. — Gitane jouant de la mandoline. 40 × 50. Signé.

280. CLOUET. — Portrait d'homme. 36 × 44.

281. CORNA (Antoine della). — Jullien tuant ses parents. Signé. 151 × 131.

282. CORRÈGE. — Vierge et enfant sur les nuages entourés d'anges. 31 × 39.

283. CORRÈGE. — Fresque tête de Vierge. 41 × 54.

284. — Etude d'ange, cadre sculpté. 45 × 45.

284 *bis*. COURBET. — Paysage. 60 × 75. Signé.

285. COURTOIS (Le Bourguignon). — Bataille contre les Infidèles. 239 × 173.

286. COURTOIS (Le Bourguignon). — Bataille contre les Infidèles. 239 × 173.

287. COURTOIS (Le Bourguignon). — Combat de cavalerie. 55 × 78.

288. COZZA (F.). — Vision de Saint Hubert. Signé. 49 x 62.

289. CRESPI (Daniel). — Mariage de la Sainte Vierge. 34 x 48.

290. CRIVELLI. — Vierge au lis. 54 x 70.

291. DAUBIGNY. — Paysage bords de rivière. Signé. 21 x 42.

292. DELACROIX. — Danse du ventre. Signé. 52 x 70.

293. DOLCE (Carle). — Tête de Vierge. 18 x 25.

294. DURER (Albert). — Portrait de la Bienheureuse Osanna Andréasia. 33 x 46.

295. EYCK (Van). — L'Annonciation. 34 x 51.

295 *bis* ERCOLE de Ferrare. — Sainte Madeleine. Signé.

296. FYT (Jean). — Nature morte. 44 x 38.

297. FRANCK. — Sujet mythologique. 37 x 26. Signé.

298. — — 37 x 26. Signé.

299. FRANCIA. — Vierge et enfant sur un trône avec deux anges. 130 x 82.

300. FRAGONARD. — Paysage. 47 x 37.

301. GALEAZZO. — Triptyque, Vierge et enfant, deux Saints. 187 x 140. Signé et daté.

302. GALLEMANT (J. de). — Portrait de Casimir de Graves, colonel d'artillerie, 1832. Signé.

303. GATTI. — Adoration des Bergers. 72 x 120.

304. GELÉE (Claude dit Le Lorrain). — Flotte au mouillage. 105 x 88.

305. GÉRICAULT. — Etude chevaux. Signé. 28 x 22.

306. GRYF. — Nature morte, chien et gibier. 35 x 27.

307. GUARDI F. — Paysage, architecture et personnages. 44 x 33.

308 GUARDI F. — Paysage, architecture et personnages. 44 x 33.

309. GUARDI F. — Paysage et ruines. 53 x 38. Cadre sculpté.

310. GUARDI F. — Paysage et ruines. 53 x 38. Cadre sculpté.

311. GUIDO RENI. — Sommeil de Sainte Magdeleine. 19 x 23.

312. GUIDO RENI. — Tête d'apôtre. 48 x 37.

313. GUICHARD. — Marine. 36 x 28. Signé.

314. HAEFTEN (Van). — Scène d'intérieur. Signé. 58 x 44.

315. HALS. — Concert au clavecin. Signé. 108 x 72.

316. HELMONT (Van). — Marchande de légumes. 34 x 39.

317. HOLBEIN. — Retour de l'Enfant prodigue. 24 x 30.

318. HOCKGEEST (J.). — Moine assis et lisant. Signé. 23 x 28.

319. HONDEKOETER. — Renard dans la basse-cour. 50 x 33.

320. HONDIUS. — Sujet de chasse. 44 x 38.

321. — — 44 x 38.

322. HONTHORST. — Déposition du Christ. 21 x 26.

323. — La mise au tombeau. 20 x 22.

324. JARDIN (Carle du). — Berger gardant son troupeau. 32 x 35.

325. KESSEL (Van). — Nature morte, poissons, chien et chat. 26 x 20

326. KESSEL (Van). — Nature morte, fruits, chien et singe. 26 x 20.

327. KOBELL. — Vaches dans un pâturage. 32 × 27.

328. LAWRENCE. — Portrait de Lady Brown. 46 × 57.

329. LEMONS H. — Scène de cabaret. Signé. 25 × 19.

330. LENAIN. — Le Violoneux, scène d'intérieur. 34 × 27.

331. LEONARD DE VINCI (Ecole). — Tête de Christ. 32 × 45.

331 *bis*. LEONARD DE VINCI (Ecole). — Christ portant sa croix. 70 × 90.

332. LIBRI. — Vierge et deux saints. 246 × 160.

333. LOO (Van). — Le Sommeil de Jacob. 81 × 55. Signé et daté.

334. LUCAS DE LEYDE. — Adoration des bergers. 82 × 58.

335. LUCIANO (S. del Piombo). — Christ en croix. 180 × 150.

336. LUCIANO (S. del Piombo). — Martyre de Saint Sébastien. 220 × 150.

337. LUINI. — Sainte Magdeleine. 52 × 67.

338. MANS F. — Cavaliers buvant à la porte d'une auberge. Signé et daté. 36 × 43.

339. MAGNASCO. — Bords de l'Arno. 195 × 125.

340. — — 195 × 125.

341. — Paysage et personnages. 98 × 75.

342. MANTEGNA. — La mise au tombeau. 76 × 52.

343. — Flagellation du Christ. 59 × 72.

344. MENGS (Raphaël). — Sainte famille et anges. 170 × 120.

345. METSYS-QUENTIN (d'après). — Philosophe méditant. 100 × 70.

346. MAYER. — Scène orientale. 22 × 21. Signé.

347. MICHAU (T.). — Paysage et personnages. Signé. 42 × 45. Cadre sculpté.

348. MICHAU (T.). — Paysage et personnages. Signé. 42 × 45. Cadre sculpté.

349. MIEL (Jean). — Cavaliers arrangeant le harnais. 32 × 42. Cadre sculpté.

350. MOLENAER. — Scène de cabaret. Signé. 61 × 45.

351. — Paysage, effet de neige. 62 × 45.

352. MOUCHERON. — Bataille. 189 × 135.

353. — — 189 × 135.

354. MURILLO (Ecole de). — Sainte Famille. 72 × 91.

355. NETSCHER. — Portrait d'homme. 28 × 37.

356. — — de femme. 42 × 58. Cadre sculpté.

357. OMEGAND. — Paysage avec moutons. Signé. 57 × 44.

358. OSTADE (Adrien Van). — La Femme au Puits. (monogr.). 60 × 45.

359. PANICALE. — Adoration des Mages. 55 × 80.

360. PANNINI. — Ruines et personnages. 71 × 46.

361. — — — 71 × 46.

362. — Paysage ruines. 84 × 39.

363. — — — 84 × 39.

364. PARMIGIANO. — Sainte Famille. 63 × 76.

365. PARROCEL. — Choc de Cavaleries. 88 × 52.

366. — — — 88 × 52.

367. PERUGIN (Ecole). — Martyr de Saint Sébastien. 115 × 185.

368. PESENTI-SABBIONETTA. — Vierge et deux saints. 135 x 135.

369. PEETERS. — Marine (naufrage). 87 x 61.

370. POELENBURG. — Diane et ses Nymphes. 41 x 32.

371. — Toilette de Diane. 41 x 32.

372. PORBUS. — Portrait de Charles V. 64 x 85.

373. PORDONE. — Denier de César. 49 x 34.

374. PYNACKER (Adam). — Paysage (vente Choiseul. 16 x 9.

375. QUISPEL (Mathieu). — Passage du Gué. Signé. 72 x 57.

376. REMBRANDT (Ecole). — Seigneur hollandais. 21 x 34.

377. REMBRANDT (Ecole). — Le Pèlerin. 82 x 115.

378. — — Portrait d'homme. 19 x 23.

379. RIBERA (J.). — La Tentation de Job. 110 x 86.

380. RICCIARELLI-VOLTERRE. — Les Rois Mages. Paneau rond. 55. Cadre sculpté.

381. RIGAUD. — Portrait de la comtesse de Rossan, marquise de Castellane et de Gange. 96 x 127. Cadre sculpté.

382. RIGAUD. — Portrait de Marie-Thérèse. 152 x 215.

383. RIGAUD. — Portrait de De Graves. maître de la garde-robe. 125 x 160.

384. RIGAUD. — Portrait de Diane de Solas. 125 x 160.

385. RIGAUD. — Portrait d'Henri de Graves. 130 x 162.

386. ROMAIN (Jules). — Vierge, Enfant Jésus. Sainte Anne, Saint Jean. 95 x 76.

387. ROUSSEAU (Th.). — Paysage. Dédicace à mon ami Legendre. 39 × 28. Signé.

388. RUBENS (d'après). — Galaille du Pont. 215 × 180.

389. RUBENS (d'après). — Christ en croix. 74 × 105.

390. — (Ecole). — Adoration des Rois mages. 28 × 34.

391. RUE (de La). — Berger et son Troupeau. 18.

392. RUYSDAËL. — Paysage, bords de rivière. Signé. 45 × 36.

393. SALAINO. — Détrempe. Déposition du Christ (monog.). 220 × 190.

394. SALVATOR (Ecole). — Tête de vieillard. 28 × 38.

395. — — Sacre de David. 46 × 67.

396. SAMMACHINI. — Portrait du Pape Pie V. 73 × 85.

397. SCHOOCK (Henry). — L'Alchimiste. Signé et daté. 33 × 42.

398. SHOOCK (Henry). — Le Notaire. Signé et daté. 33 × 42.

399. SEGHERS (Daniel). — Fleurs et Oiseaux. 63 × 85.

400. SON (Van). — Nature morte (noix et figues). 37 × 28.

401. STEEN (Jean). — Scène de Cabaret. 34 × 27.

402. STEVENS (Palamède). — Assaut de Brigands. 32 × 25.

403. STOM. — Paysage. Signé. 64 × 44.

404. SWANEVELD. — Paysage (coucher de soleil). 37 × 52.

405. TIEPOLO. — La Sainte Trinité. 24 × 33.

406. TIEPOLO. — Vierge et Triomphe d'Ange, esquisse. 98 x 73.

407. TILBORG (Van). — Scène d'intérieur. 59 x 46.

408. TISIO DIT LE GARAFALO. — Vierge et Enfant. 63 x 51. Cadre sculpté.

409. TOMSONN. — Marine. 79 x 43. Signé.

410. VAGNUCCI. — Sainte Famille. 55 x 75.

411. VASARI. — L'Ascension. 75 x 106.

412. VERNET (Joseph). — Paysage, Cascade et Personnages. 32 x 23.

413. VÉRONESE (Ecole). — La Femme adultère. 180 x 120.

414. VÉRONESE (Ecole). — Vierge et Enfant sur un Trône et deux Saintes. 95 x 190.

415. VICTOR (Jean). — La Marchande de Poissons. 36 x 50.

416. VIVARINI. — Saint Ambroise. 55 x 120.

417. — Saint Augustin. 55 x 120.

418. WILHEMS. — La Partie de tric-trac. 63 x 50.

419. WITHOOS. — Vase de Fleurs. 35 x 53. Signé.

420. ZEEMAN. — Marine. 35 x 22.

AUTEURS INCONNUS

421. Vierge et Enfant. Cadre ogival doré. 60 x 140.

422. Vierge et Enfant. Cadre ogival doré. 42 x 95.

423. Mariage de Sainte Catherine. 40 x 49.

398

396

397

424. Vierge, Enfant Jésus et Saint Jean-Baptiste. 56 × 68. Cadre sculpté.
425. Vierge et Enfant. 35 × 43.
426. Sainte Famille. 54 × 71.
427. Vierge et Enfant. 60 × 40.
428. Tête de Femme en Prières. 28 × 37.
429. Vierge et Enfant. 68 × 50.
430. Sainte Famille. 107 × 90.
431. Vierge pleurant sur le Christ. 141 × 115.
432. Vierge et Enfant. 39 × 59.
433. Vierge, Enfant Jésus et Saint Jean. 88 × 103.
434. Mise au Tombeau. 38 × 46.
435. Vierge au Chardonneret. 30 × 40.
436. Vierge et Enfant. 30 × 40.
437. Flagellation du Christ. 81 × 95.
438. Vierge. Enfant Jésus et Saint Jean. 87 × 107.
439. Tryptique, une Sainte, deux Saints. 127 × 145.
440. Vierge. Enfant et Saint. 57 × 89.
441. Sainte et Bourreaux. 88 × 138.
442. Christ en Croix et Saintes Femmes. 100 × 59.
443. Vierge aux Cerises. 64 × 126.
444. Nature morte. 131 × 100.
445. Nature morte. 131 × 100.
446. Femme portant une Corbeille de Fruits. 22 × 29.
447. La Résurrection. 46 × 67.
448. Vieille Femme filant. 68 × 98.
449. Fileuse. 68 × 98.
450. Présentation au Temple. 100 × 108.
451. Adoration des Bergers. 35 × 48.
452. Miracle des Champignons. 40 × 57.
453. Les Reines chrétiennes. 115 × 97.

454. Tête d'Adolescent (étude). 36 × 48.

455. Adoration des Bergers. 26 × 35.

456. Berger et Bergère avec Troupeau. 75 × 59.

457. Les Tireurs de l'Arc, Saint Jean-Baptiste, sur le même panneau. 44 × 35.

458. Oiseau mort. 59 × 42.

459. Dans la Forteresse. 25 × 31.

460. La Surprise. 35 × 30.

461. Christ à la Colonne. 16 × 23.

462. Les Fumeurs. 31 × 24.

463. Vierge et Enfant. 52 × 38.

464. Vierge del Pilar. 43 × 54.

465. Vierge et Enfant. 40 × 50.

466. Marine (tempête).

467. Diane chasseresse. 63 × 78.

468. La Lecture de l'Aïeule. 47 × 39.

469. Portrait de Femme. 61 × 70.

470. Le Grain de Sucre. 60 × 43.

471. Portrait d'un Juge (ovale). 61 × 70.

472. Portrait de grande Dame. 40 × 50.

473. Combat de Cavalerie. 50 × 38. Cadre sculpté.

474. Sujet de nu. 45 × 56.

475. Portrait de Femme, vêtement rouge. 68 × 79. Cadre sculpté.

476. Cavalerie se preparant à l'Attaque. 44 × 24.

477. Vénus et les Amours. 46 × 36.

478. Portrait d'homme Louis XIV. 63 × 79.

479. Dessus de porte camaïeu bleu, reproduction tapisseries. 140 × 80.

480. Dessus de porte camaïeu bleu, reproduction tapisseries. 140 × 80.

381

481. Dessus de porte camaïeu bleu, reproduction tapisseries. 110 × 80.

482. Dessus de porte camaïeu bleu, reproduction tapisseries. 110 × 80.

483. Dessus de porte, Diane chasseresse. 89 × 82.

484. Dessus de porte. Les Baigneuses. 110 × 70.

485. Trompe-l'œil grisaille. La Vestale.

PASTELS

486. Portrait de Femme, vêtement bleu garni de fourrures.

487. Portrait de Femme prenant son Café. Cadre Louis XVI à perles.

488. Portrait de Femme. Cadre bois sculpté.

489. Femme à l'Eventail. Cadre bois sculpté.

490. Jeune Fille au Chien.

491. Portrait de Femme. Cadre à perles.

492. Portrait de Femme.

493. Femme nue couchée.

494. Eventail, allégorie (gouache). Encadr.

AQUARELLES — DESSINS

495. V. BIGNAMI. — Tête de Femme.

496. CARIANO. — L'Aumône.

497. CHABRILLAT. — Les Mendiants.

498. DUPENDANT. — Tête de Soldat.

499. MELCHIOR (Jaubert). — Les Laveuses.

500. FORTUNY (attribué). — Tête de Femme.

501. NERESTY. — Bords de Rivière.

502. — — —

503. A. DE WITTE. — Matelot.

504. X... — Paysage (effet de neige).

505. — Paysage (bords de rivière).

506. — Tête de Femme.

507. — Marine.

508. REMBRANDT (d'après). — Le vieux Rabbin (encre de Chine).

509. BOUCHER. — Groupe d'Amours.

Marque de la collection Victor Maziès.

510. — Deux Amours (sanguine).

511. — Amour.

512. — Enfant (sanguine).

513. CHARDIN J. B. S. — Femme assise.

Marque de la collection Victor Maziès.

514. CHEYRIAS. — Cheval (crayon, deux couleurs). Encadr.

515. COROT. — Arbre (crayon, deux couleurs). Signé. Encadr.

516. COROT. — Arbre (crayon). Signé. Encadr.

517. DESPRES. — Vue de la place de Monte-Nuovo le Jour de la Fête des Saints. Composition en couleurs. Encadr.

Marque de collection.

518. FONTAINIEU (de). — Jolie composition en couleur. 1785. Encadr.

519. HUBERT-ROBERT (attribué). — Ruines avec Personnages. Jolie composition en couleurs.

520. HUBERT-ROBERT (attribué). — Ruines. Même description.

521. HUET (attribué. — Paysage, Personnages et Ruines.

Marque de collection.

522. GÉRICAULT. — Cavalier et Chevaux.

Marque de la collection Victor Maziès.

523. GERICAULT. — Cheval couché (étude).

524. GUIDO RENI. — Tête de Femme.

Marque de collection.

525. — Amour.

526. GREUZE (atribué). — Tête de Femme (sanguine).

527. MEISSONNIER. — Homme assis (crayon).

Marque de la collection Victor Maziès.

528. RADEMAKER A. — Paysage et Personnages.

529. RUYSDAEL. — Paysage.

Marque de la collection Victor Maziès.

530. SUCHET. — Marine. Encadr.

531. TIEPOLO J.-B. — Ange en Prière (sanguine).

Marque de la collection Victor Maziès.

532. H. VERNET. — Crayon.

Marque de la collection Victor Maziès.

533. OTTO-VENIUS. — Têtes (étude).

Marque de la collection Victor Maziès.

534. WATTEAU. — Cuisinière (sanguine).

Marque de la collection Victor Maziès.

535. X... — Homme qui baille. Cadre ovale sculpté.

GRAVURES

ALIX

536. *Costumes Hambourgeois : Le garçon boucher. Le Garçon raffineur*, gravés à la manière noire. Deux pièces faisant pendants.

BAUDOUIN (d'après)

537. *Le Modèle honnête*, gravé par Moreau le jeune, sans marges.

La Sentinelle en défaut, gravé par De Launay.

BOUCHER (d'après)

538. *Les grâces au bain*, gravé par Ryland.

CARESME (d'après)

539. *La petite Thérèse*, gravé par Couché.

Sully remettant l'argent à Henri IV. — Henri IV laissant entrer des vivres dans Paris, gravé par Patas. Deux pièces faisant pendants.

EISEN (d'après)

540. *L'Ecole hollandaise. — L'Ecole flamande*, gravé J. Ouvrier. Deux pièces faisant pendants.

FRAGONARD (d'après)

541. *La Mère de famille*, gravé par Romanet. Encadr.

Le Baiser à la dérobée, gravé par N. F. Regnault.

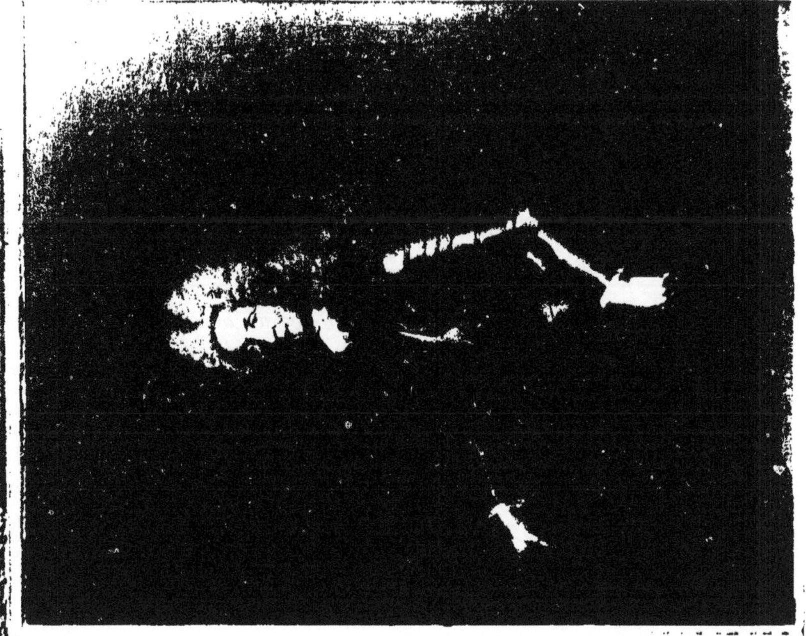

FREUDEBERG (d'après)

542. *Lison dormait*, gravé par Trière.

GREUSE (d'après)

543. *La Malédiction paternelle*, gravé par Gaillard, signatures des artistes au dos de la gravure.

HACKERT

544. *Vue de Fonte-Bello*, d'après Dunker

HUET (d'après

545. *Ruines d'un palais de Néron près Rome*, gravé par Demarteau. Epreuve en couleurs, encadr.

HOIN (d'après

546. *Ecueil de la Sagesse. La tendre Amitié*, gravé par de Mouchy. Deux pièces faisant pendants, sans marges.

KAUFFMAN (A.), (d'après

547. *The muses crowning the bust of Pope*, gravé par P. W. Tomkins, sanguine.

L'Allegra, La Penserosa, gravé par Pastorini. Deux pièces faisant pendants, tirées en sanguine.

KRAUS (d'après

548. *La Gayeté sans embarras*, gravé par Le Vasseur.

LEMPEREUR

549. *Les Présents du berger. Les Serments du berger*, d'après Boucher et Pierre, deux pièces faisant pendants.

LESUEUR (d'après)

550. *Figure équestre de Louis XIV* que la ville de Paris a élevé dans la place Louis le Grand en 1669, gravé par Fr. Tardieu, sanguine.

LE PRINCE (d'après)

551. *Le Marchand de lunettes, Le Médecin clairvoyant*, gravé par Helman. Deux pièces faisant pendants.

MIERIS (d'après)

552. *La Méridiène hollandaise*, gravé par F. Basan.

MORLAND (d'après)

553. *Domestic Happiness. The feir Penitent, The Virtuous Parent*, gravé par Bartolotti. Trois pièces imprimées en couleurs.

PARELLE (d'après)

554. *La Belle Jambe*, gravé par Gilbert, encadr.

REYNOLDS (d'après)

555. *Portrait d'Enfant*, gravé par Salway.

SANDBY T. (d'après)

556. *View Virginia River*, gravé par F. Sandby.

TAUNAY (d'après)

557. *La Foire au Village, La Noce de Village, La Rixe*, gravé par Descourtis, tirage postérieur.

TENIERS (d'après)

558. *Teniers's Kitchen*, gravé par J.-B. Michel.

TROLL

559. *A View of the lake of Lauwatz*, imprimé en couleurs.

370

371

WATTEAU (d'après)

560. *Promenade sur les Remparts*, gravé par Aubert. *Le Triomphe de Cérès*, gravé par Crépy, deux pièces faisant pendants, encadr.

WARD (W)

561. *The Fruits of early Industry et Oeconemy. Extravagance and Dissipation*. deux pièces faisant pendants, d'après Morland et Singleton.

WEST B. (d'après)

562. *Alexander and Philip physician*, gravé à la manière noire par Green.

WEST (d'après)

563. *Cornelia, Mother of the Gracchi*, gravé par Legrand, épreuve en couleurs.

WOOLLET (W)

564. *A View of the Garden at Carlton House in Pall Mall*.....

565. *Amusements de la Jeunesse*, deux pièces faisant pendants, gravé à la manière noire.

566. *Bonne Aventure (la)*, cadre bois sculpté et doré.

567. *Visite de la bonne mère à son enfant chez la nourrice*, épreuve en couleurs.

568. DIPLOME d'Herboriste et Apothicaire, délivré à Brixen en 1677. Une feuille parchemin avec large bordure de fleurs et miniatures.

569. AUTHENTIQUE de Reliques de saints du couvent de Sainte-Couronne de Vicence (1619). Deux grandes feuilles parchemin avec bordure d'ornements et miniatures or et couleurs.

570. LIVRE D'HEURES in-16 rel. mar., manuscrit du XVIIe siècle sur velin, orné de 127 petites miniatures.

571. LIVRE D'HEURES in-16, rel. fat., manuscrit du XIVe siècle, sur velin, écrit en gothique, avec lettres ornées or et couleurs.

572. Sous ce numéro seront vendus un certain nombre de livres à gravures concernant l'art, tels que : l'*Histoire de l'Art*, par Seroux d'Argincourt ; l'*Histoire de la Sculpture*, de Gandini ; *Peintures du Campo Santo de Pise*, *Antica Roma*, etc., etc.

573. 1 Lot cadres bois sculpté.

Imp. SAMAT & Cie — Marseille.

www.ingramcontent.com/pod-product-compliance
Ingram Content Group UK Ltd.
Pitfield, Milton Keynes, MK11 3LW, UK
UKHW021118260726
13994UKWH00002B/929

9 782329 448602